もうずっと静かな嵐だ

mou zutto shizukana arashi da

そらしといろ

ふらんす堂

もうずっと静かな嵐だ

こんこんと
眠っていた
扉の青いノート
未使用で
よく乾いており
ボールペンのインクを
ゆるやかに
吸いこんで
目覚める

定住する言葉

今は
文字として

いつかは
線として
ほどかれる
意味と
無意味が
交差して
まっさらな
言語が生まれる

その結晶

誰でもない
誰かの宇宙のような
脳の原野で閃く

＊

リロン
リゴン
と転がってくる
鈴の音は
小さな犬

おじいさんが
手から鈴を
転がすと

小さな犬が
もう一匹、ふえる

十二月の道に咲く
秋桜の
薄氷のような
花びらの
とうとう舞いおりて
小さな犬が踏んだ

新しい鈴の
音色は広がり

おじいさんの

小さな犬が
もう一匹、ふえる

のどかな十二月の道は
閉じていく季節の
なかへ続く
そこは
さまざまな鈴の
音色が凛と
降り積もるところ

*

野を焼く
甘酸っぱいにおいに
満ちてゆく
ひっそりと
薄日射す部屋

毎日
なにかが見えて
なにかを見落としている
すくいきれない
手のひらを
黄色い窓に押しつける
手のひらの

ぬくもりのかたちに
感度を分けあう
ひととき

*

窓の向こう
地面をえぐる
風の
透きとおった
円錐形
上昇していった

僕らの視線
まぶしすぎる
空色に
太陽は溶けていた

蒼白く
とろけた
太陽の火葬場
僕らの内なる
骨の
やわらかな曲線のうずき

雲の白さ
かたさほどの

骨
と名付けたものを
僕らは一つずつ
交換して
大事にしていた

あらゆる色彩が
風の円錐形に
細分化されていた

*

マイナス四度の
庭に
草花は乏しかった
ザラザラとした
土煙も気にせず
やたらと
蝶が往き来する
土煙の
地面の下に
かつての
ふくよかな
野を
蝶は
君は

見ているらしかった
そのことを
僕はよく覚えている
君の
眼と眉を
思い浮かべたところから
蝶はやって来る
凍てついた
濃紺の庭を
くるくるまわる

*

ピアノの伴奏に
合わせることなく
子どもは
歌を叫んでいる

無造作に
家から出された
ソファーへ
打ち寄せる
西日
誰も腰かけていない
ように見えてしまうことに
気をつけなければ

過ぎた日々のなかに
今日という日に
誰かの
支配のような
気配が漂う

西日にぴったりな
子どもの叫ぶ歌が
鳴り止んで
突然に失われた
奥行き

＊

最後の指環を壊して
僕らの逃避行めく
旅は始まった
星も見ないで進み
僕らが方角になった
最初から壊れた方角だ
進んでゆく
街も経済も人も
壊れていた
それが心地よかった
繋いでいた手指も
バラバラとほどけて

互いに肘をぶつけながら
それでも真っ直ぐに走っていた
どこまで行けるか知らない
すでに冷たい身体
切れている喉
錆びた舌の硬さ
僕ら石になるのだろうか
壊した指環に嵌まっていた
真っ赤な石の
呪いだろうか

*

乾いた手のひらに
風を流して遊びましたね
見たこともない
水色をした
清流を
手のひらに見て驚きましたね

*

急な雷雨など
忘れてしまった

晴れ間を
押し広げてゆく

子どもの飛行機の
そむけられない眼差し
エンジン音が
可愛く降ってくる

空き家の
繁茂する思い出
けむりの匂い

背中を
熱くして

追いかける

*

一言に名指せない
感情や感覚が
天地もなく膨らんでいる
空間ばかり
広々とあって
息を吐く
風を作る
はぁ　と吐けば温かく

ふぅ　と吐けば冷たく
きみ
と呼びかけて
作った風は
僕をそっと包んだ
わざと外さない
ゆるい鎖のように
やがて沈殿する
足首にまとわりついた
名指せないもの
愛に似た
執念で
もうずっと
静かな嵐だ

*

初めての
景色に既視感を
見つけて安心したくなる
身体の
緊張を
やわらげて
肺を
傘のように
広げては

閉じて
細胞に運ばれる
鮮やかな酸素
酸化した景色
ちょうどよく
均されて
現れる
淡い郷愁
わずかな詠嘆
そうして
ここも触れるには
優しすぎる場所になる

*

密度の高い真昼の空に
半分だけ白い月が在り
また
半分だけ青い月が在る
その裏側は
きっと誰もが未知なのだから
桃の花が咲いていたら　いい

*

夢のなかでの
出来事を
朝の
ゆったりとした
舌で紡いでみる姿は
編み目のおぼつかない
クリーム色のレースに
よく似ていた

夢のなかだけの
朝霧に濡れた
青味がかった花畑
ここは

楽園を装った
果てしない場所への
入口だと
直感する

そんな風に
果てしない場所は
やさしく佇んでいるから
必要以上に
恐れることもないだろう

夢のなか
花畑をゆくときの
身体が一枚の羽根になったような

浮遊感の嬉しさだけ
摑んで帰ってきた

いつでも思い出せるように

*

ティーカップいっぱいに
吐息の満ちる頃
空白が来訪する
ティーカップに満ちた
濃厚な吐息を

少しずつ飲んでくれる
あいだに
空白のみが知っている
君のことを二、三、
語ってくれる
君という余白が
埋まっては
また広がる

空白は
ティーカップを空にして
煙のように帰っていった
無音のなかに
ゆるやかな静けさを

ひたりと残して
僕は紅茶を淹れる準備をする

*

蜃気楼
レンズのはずれた眼鏡
火事の眩惑
黒々とした土にふれる
低いひくい雲
エメラルドのように
萌える

細い草は芯をもって
立つ

小さな鉢植えに
風やことりが運んできた
不明の種を育てている
草ばかりのときもあり
乳白の花ざかりもあり
今は
萌え出た双葉に
花の予感か
滑らかな蜜蜂の飛行
控えめな金属音の鳴る
郵便受け

ほのかに湿った新聞紙に
大きなニュースのような
詩が一面に載っている

＊

決して
隣り合わない
言葉や文字の
平行四辺形

その面積を

求めるたびに
イメージの群れが
静かに移動してくる

いびつな
多角形のまま
鋭い角の頂点から

滑り降りてごらん
ようこそ
透明な砂漠へ

*

君の
君たちの
数えきれない
夢から覚めた
手は
ペンと便箋と封筒を
かき集める

謝罪と
感謝を
交互に書き尽くす
そのときは

本当に書き尽くすのだ

書いた手紙は庭に埋める
うっかりと掘り返した
古い手紙のインクは滲んで
まるで
春泥にまみれた
残り雪のいろどり
つめたく月光が縁取る

*

言葉が
急行列車のように
身体を通過していった
幾日かを過ごした
レールの残響音は
身体に浅い傷をつけて
紐状にほどけている

元は音だった紐を
物干し竿に結ぶと
あらゆる方角の
風に身を任せ
珍しい音を鳴らす
けれど

なつかしい音でもあり
もっと言えば
君の声に重なり

どんなひどい言葉を
互いにぶつけあったか
強制的に消去されている
言葉は忘れても
音波の衝撃を覚えている

恐らくは君も

あの日はあの日のまま
青すぎた言葉は熟さない

音波は鋭いまま風の一員になった

*

ぽろぽろと降る
雨の音に
耕される土
単音に始まり
和音の大きな刃が
さっくり
さっくり
真夜の空気を含ませて

耕された土に倒れこむ
僕に土の布団を
かけてくれる君は
ここにはいないから
さむい
さむいよ
春の草花の匂いさえ
きりりと独立する
あかるい
菜の
花を
頭に戴いて
内臓がよく蠢くのを感覚する
皮膚のした

骨のまわり
肉が
雨の音に
耕されている

*

夕焼けた海は遠く
滅びの日が近い
日傘の骨を
祈りのかたちに折るばかり
ひかりが

すべてではない日
誰も乗せることができない
小さな船を
夜空へ打ち上げて
つかの間の
星を作っては
弔っていた

*

匿名の君と
匿名の僕と

禁則事項の多い
真昼の春と

しんと明るむ
電車のなかへ
ひとひら
としかたとえようのないものが
きらめきながら
乗車した

まばゆさのあと
まばたくたび
朗らかな七色が
もっとたわわになってゆく

*

よく磨かれた
トラックの車体は透けて
薄荷色の積み荷が見える
「北極星の空気ですね」
並んで歩いていた
ペンギンのつぶやきは
金平糖になって散らばる
すかさず蝶が舞い降りる
蜜蜂も蟻もくる

小さなちいさな影が
あちこちとする地面
僕が
僕らだったときの
広々とした影は
二度と落とさない地面

薄荷色をした
北極星の空気を積んで
遠のいてゆくトラック
行き先は知らないから
なにを測ることもできない

＊

蜜柑の花と
薔薇の香りの
マリアージュ
清貧な現実のみ
身体の通過を
ゆるしたかった

＊

空白の三カ月
あるいは十年
煌々と燃える
百日紅
誰かへの明かりとして
灯り続ける
現実的な悪夢や
ひと筋の冷や汗を
火にくべて
大丈夫
誰も彼も
清らかな火の
末裔に
属すことができる

*

動植物の名前ばかり
書き留めて
なにがしたいのか
僕は考える
考えて
多すぎる君たちの
名前を
足したり割ったりして
すべて無効になった今

あらためて
呼びたいのだと
思った
母音の形すら
忘れても
喉が焦がれる
名前で
空気を
空間を
震わせたかった

*

旗の
うすい影の
はためきを踏む
そのほかの影の
とりどりの存在感を
思いやる

そこにいるだろう
あるだろう
なににも
宿っている魂も
ごく軽やかな
影を持つ

とりどりの
影と共に在るとき
魂のあるものが
こんなにも傍に
いるのだということ
そのさわやかな苦味で
いっぱいの酸素の味わい

＊

向こう側で

誰かが
感情のなかへ
落ちていった
音を聴く

繰り返される空虚に惹かれる心

そこで
君や君たちを
見失ったことだけが
廃墟で朽ちない
錆びた鉄筋のむき出しに
雪のように積もってゆく

今少し軋みながら
身体の関節に
録音する
鈴の山のかすかな山鳴り
崩落の始まりに響きつつ
鈴は凜と震えたきりで
欲しい終わりは
すぐには来ない

*

言葉が
ほろほろと
ほのあたたかい
灰になる場所へ
今日も近づいてゆく
崩れてなおやさしい
焼けた骨の欠片を包みこむ
骨がすべてでした
すべて骨の奏でる音でした
肉を支える骨の言葉でした
文字になった人もいて
文字にならない人は
ほのあたたかい
言葉の灰として

灰時計になり
なにも数えない

*

すべての棚から
あふれてしまったものほど
手放したくない
棚に置いたものを
何度も何度も
入れ替えて
なお

両腕に抱えてしまう
余剰する記憶は
傷に等しい

傷口からの景色を
痛みと共に恋しく想う
癒すことを
ためらったまま
記憶の湿潤さを保って
覚えていたい痛みのたぐいだ

今　二重螺旋を駆ける
僕と

君の
たがってしまった
分岐点で
灯っていた赤信号
あの明滅を越えた僕
越えなかった君
そうして始まった世界で
幸せの形が少し変わって
僕らは互いの幸せを
ほんの少し悔んで　称え合っている

*

季節は巡るから
勘違いする
君の靴は
干してあります

ひらかれた庭が
もうすぐ
野原になる
新鮮な土の色彩

枯れ木も
あらゆるものの
棲み処だから

手触りだけを
頼りにして
振り返る場所のこと

装画・蒜山目賀田

発　行　二〇二〇年四月三〇日　初版発行
著　者　そらしといろ © Sorashitoiro
発行人　山岡喜美子
発行所　ふらんす堂
〒182-0002　東京都調布市仙川町一—一五—三八—2F
TEL（〇三）三三二六—九〇六一　FAX（〇三）三三二六—六九一九
URL http://furansudo.com/　E-mail info@furansudo.com

もうずっと静かな嵐だ

振　替　〇〇一七〇—一—一八四一七三
装　丁　和　兎
印刷所　三修紙工㈱
製本所　三修紙工㈱
定　価＝本体一五〇〇円＋税
ISBN978-4-7814-1256-6　C0092 ¥1500E
乱丁・落丁本はお取替えいたします。